时间碎片

木木 青瓷 著

浙江大学出版社
ZHEJIANG UNIVERSITY PRESS

图书在版编目(CIP)数据

时间碎片 / 木木,青瓷著.—杭州:浙江大学出版社,2017.3(2017.11 重印)

ISBN 978-7-308-16535-8

Ⅰ.①时… Ⅱ.①木… ②青… Ⅲ.①诗集—中国—当代 Ⅳ.①I227

中国版本图书馆 CIP 数据核字(2016)第 326917 号

时间碎片

木 木 青 瓷 著

责任编辑	卢　川	
责任校对	张一弛	
封面设计	周　灵	
出版发行	浙江大学出版社	

（杭州市天目山路 148 号　邮政编码 310007）

（网址：http://www.zjupress.com）

排　　版	杭州林智广告有限公司
印　　刷	杭州钱江彩色印务有限公司
开　　本	880mm×1230mm　1/32
印　　张	6.25
字　　数	70 千
版 印 次	2017 年 3 月第 1 版　2017 年 11 月第 4 次印刷
书　　号	ISBN 978-7-308-16535-8
定　　价	32.00 元

浙江大学出版社发行中心联系方式:(0571) 88925591;http://zjdxcbs.tmall.com

用一首诗，来抵抗漫长
岁月的忧伤与消逝

木
木
篇

目
录

木木篇

木木篇

目

录

木木篇

青瓷篇

目

录

青瓷篇

青瓷篇

目
录

木
木
篇

阅 读

当情感化为一种

文字,跃然纸上

悲伤成了调皮的孩子

牵着岁月凝重的手,肆意奔跑在

空旷幽远的废墟之间

寻找那个永远不会出现的答案

也许一开始就立错了站台

把生命想象得

过于斑斓五彩

折翅的鹰,优美地坠毁

这样盛大无比的繁茂与荒凉

文字是神奇的慰藉,也是最大的力量

灵魂的瞬间抽离

美妙而有趣

在平凡庸常里感受精彩

把两个截然不同的世界

微妙地重叠

木木篇

蚀

深夜烛光

映照出时间的面孔

投射在肃穆的墙上

你的笑靥

如同蝴蝶的双翼

埋藏在静默里

书页翻动的声音

犹如逝者的慈祥

四周，人来人往

青春年华，只有

一秒钟的时间

在不自知的欢笑时刻

被缓慢的剥离

肆意流淌

所有的叹息与祝福

均

无暇顾及

逝

你在

绿野盈盈的春天清晨

朝我走来

身姿曼妙,妖娆鲜活

仿佛浸透雨雪的玫瑰

每一瓣,都那么娇艳欲滴

诱人的美,刹那芳华

你以为这样

就能蛊惑住时光

你用艳丽身影紧贴我赤裸的胸膛

轻声细语,洒下一地寂寞

听不到岁月流淌的哀歌

不见衰老,只见夭折

那夭折的脚步

轻快得近乎甜蜜

来不及欢送你,完不成许下的承诺

任由那只看不见的手

把相聚隔断成永久的分离

抹去

所有你曾经存在的痕迹

木木篇

持 久

生活是坚硬的水泥路面

梦想是一望无际的幽深海水

闭上眼,缩成妥协的委婉姿势

抑或,尽力的纵身决绝

你以为,只要选择其中一种

放弃这摇摆不定的徘徊

你就能

抵达欢快的尽头

不,没有

它们所能回赠的

无非是

你的额头上忽而隆起的裂开

血色玫瑰

你笑了

不,它不痛

你说

它只是让我惊呆,没有关系

这正是我想要的

必然结局

零和一

阳光投射出生命的影子
在晶莹雪地
春天的温度
正把寒冷一点一点化开
你听到
树林里幼嫩枝芽探出声响
小鹿的脚印踩上翠绿青苔
万物都从睡眠中慢慢苏醒
空气中飘浮着淡淡的香甜之味
婴儿的笑脸,天空里云朵与云朵轻盈追逐

水、食物、花朵、书籍、欢快的静默
你四肢舒展地行走,贪婪地观看一切
指尖触摸到皮肤的温暖
阳光照耀大地
你看得到所有的消失
同时又能发现每一个全新的凝聚
哀伤与欢喜
微小,盛大
从零到一,从一又回归到零
不回味昨天,也不询问将来
只存在此刻
细数分秒,尽情呼吸

懈怠

并无预兆

指尖,在前一分钟还欢快无比

尽情翻译着生命的乐趣

盈润的双唇色泽饱满

所到之处,涛涌潮鸣

带着欣喜问询的稚气,一路前行

沉寂并不具备水滴石穿的力量

暗夜伸展出巨大的翅膀

渐缓渗入,枯萎的温柔

仿佛猝然间意识到的圈占

当稳妥的存在成为一种讥讽

你发现

你已不能转身

不,这一点儿也不残忍

它有一个专门的名字

叫作,永恒

遇　见

若非你也在这里
否则,你无法想象
这得有多美,美得神秘
美得忧伤
蓝天悠远得近乎圣洁
云朵饱满,水润晶莹
黛青山峦延绵环绕下
全然静寂的透明世界

我一点儿也不想赞叹
更不想为之流泪癫狂
我只是,屏住了呼吸
我只是,收起了所有的抗拒
任由这静谧,温柔地轻拥住我
欢喜是一种身不由己的情绪
冰冰凉凉柔柔软软
掠过身体,穿过心房
抚过每一寸肌肤,额头,发际
你的美,不因为你的存在
如同我的存在不因为你的美
啊,我该怎样来感谢你?
这稍纵即逝的甜蜜

木木篇

饮

喧嚣在冰裂的水面唱响

舌尖尝到微涩的苦味

不要看我

这一刻，我想忘了我是谁

在那长满苔藓的墓碑上

你写上了我的名字

你不知道，镌刻并不代表永远

踮起脚尖所紧紧依附住的身体

只是一具沉默的躯壳

微醺的美丽，为了

更适合退守在角落里

因为，最好的享受和选择就是

区分开一切

从此，你融化进汹涌的人海

而我，则安静停伫在岸的这一边

陪伴着我亲爱的玛格丽特

年　轮

今天的夜晚

静悄悄地来临

我突然想数一数

走过的时光

我曾在茂密的山林里穿行

小小的身影

走在田野弯曲泥泞的小道上

停驻在静寂无边的山顶

往来复返，停停歇歇

亲爱的爸爸妈妈牵着我的手

告诉我许许多多奇异的故事

爸爸的手掌宽大而温暖

妈妈笑眯眯的眼睛甜美又温柔

因为有爱的目光环持着

所有烈日下的辛苦

暴风中的忧惧

融进成长片段里，都化作了种种有趣而甜蜜的回忆

城市的街道拥挤而忙碌

块状的一字路口，重重叠叠

有一双叫不出名字的手

躲在我的身后

挟裹着我不由分说一直往前往前往前

生活既是一首宏大壮观的交响乐

也是一只愈织愈厚的茧

欢快流动的年轻的血液

倾注出永不疲惫的热情

奔行其间

我笑着

我沉默着

我挺直脊背

我目光如梭

春来秋往

我越过黑黢黢的冬日深夜

跨过人群密布的酷热白昼街头

我在憧憬的欢喜和向往里流下眼泪

在爱过和被爱的停顿瞬间沉醉叹息

各式各样的缺憾和丰满

生命的开始,生命的延续

我庆幸我依旧拥有"未来"这个词

去期待每一个全新的早晨

每一段旅程都是珍贵的礼物

如果说,过了今夜我不复存在

我很开心我有留下多多的笑容

我为我的来过而感恩

喜怒哀乐,呼吸着的美好

在重聚的那一刻,都将化作永恒

请和我跳一支舞吧，亲爱的影子

霞光满天

水波潋滟

儿时的记忆

泥土的芬芳

清凉的溪水轻轻吻着我的脚趾

欢快的鸟儿在早春的枝头跳跃

啁啾有声

热融融的太阳

把石头也照暖了，投射出我的影子

在散发出温润香味的大地上

请和我跳支舞吧

在这个归来的时候

当年那个乱发蓬蓬的小姑娘

已不是当初的惊惶模样

羊角小辫，花花布片，扎在腰间

请和我跳支舞吧

不是为了忘却，而是为了记起

那孱弱幼细的小脚丫

是怎样走遍这棘刺丛生的寂静山野

拖着大大背篓，为了装满那青青嫩草而往返穿行

请和我跳支舞吧

木木篇

伴着轻风抚过面颊的音律

细缓步履，双目微闭

让我清晰触摸到时光的逃离

捕捉住，盈盈笑意 这瞬间的欢喜

请和我跳支舞吧

让我永远停伫在这一刻

留下我，尚且美丽安好

不想再远游的

足迹

欢快的媚俗

丢个白眼

摆出错愕的神色

正经八百

扭扭捏捏

豆蔻年华早已不在

偏还烈焰红唇，媚眼如丝

掺了白粉的脸

哗啦啦往下掉着尘屑

刻薄的高雅

高挂在颤悠悠的灵魂之上

仿佛吹响的魔笛，毫不谦虚

嗨，这有什么关系？

胭脂的美丽

摇曳在五彩斑斓的阳光里

你推我挤

顷刻着迷

木木篇

金　婚

来不及细数

黑夜和白昼的更替

曼妙腰肢，如花笑靥

青春年少，意气风发

五十年，这是一个怎样的数字？

当光洁饱满的额头

渐渐刻上时间的印痕

当有力健壮的双手

不再从容果断的年轻

你们一起，都经历了什么？

日落晨昏，光阴流逝

是谁陪你走过最艰难的岁月

为你生儿育女，含辛茹苦，染白了鬓发

又是谁，为你奉上一生的勇敢和坚强

为你辛勤忙碌，无怨无悔，累弯了腰椎

你们从来没有讨论过爱，只是认真地活着

你们有过争吵有过灰心有过不依不饶的煎熬

但你们更知道什么是温暖什么是包容什么是真心真意的陪伴

一万八千二百多个日日夜夜

相扶相依相持相鼓励

欢笑和泪水，堆积成你们多彩的人生

前面的路还有多长？

不需询问，只需牵起彼此信任温暖的手

相视微笑，继续慢慢往前

幸福和爱，有时就是那么简单

没有言语，只是，在一起

长长久久地在一起，慢慢一起

继续老去老去

木木篇

离　开

走过的时间

有着清晰的形状

镌刻出种种

永恒的面孔

如同微风拂过春天时留下的印记

有欢喜，也有怅然

更多的是，得知明天就在那里

只是在那里

那种无所畏惧却又

试图停止不往的感伤

别这样，别再去想

请抬起你前行的轻盈脚步

跨过，已然消失的昨天

迈进未知的下一秒

每一次的离开都是新生

是初始，是重建

是更多的存在，心动与鲜活

去热爱这无穷尽的周而复始吧

星光铺路

璀璨轮回

静

听不见蝴蝶翻飞双翼的声音

闭上眼

看到云朵在层层叠叠的厚重梦境里

流光溢彩

唇边的笑意

在释放着轻软温暖的信息

鲜艳明媚的甜蜜

浅尝辄止

退守在静寂,把玩自由自在的欢喜

柔软的双肩

一如青春坚硬的棱角

任由漫长流动的时光长河

渐渐磨成

美丽的浑圆

木木篇

夜

一点一点

渗进，身体

暗红色的摇摆

靓丽跳跃的情绪

渐次，升腾重叠

融入幽深漆黑的残缺

轻快的你，美好的你

悲伤堆积

躯体的记忆

银杏花，落了一地

呼 吸

梦见自己

化成一条鱼

被关押在厚厚水晶球里

隔断开所有的空气

不知晓,死亡即将来临的痛楚

兀自游弋出种种

曼妙身姿仿如游在自由的海

愚蠢的鱼,简单的鱼

渐缓窒息的快意

片　刻

犹记得最后一次离开你时
你身上所披的颜色
忧伤的
赤裸裸的
苍白混伴着模糊莫辨的青黛光线
在清晨天空的映照下
矛盾重重

如果你去注意一下
你会发现,花朵也会呼吸
从新生到死亡
那每一片娇艳又脆弱的花瓣
阳光给它,悄无声息地裹上
一袭华丽的衣袍
匆匆迈过岁月,日与夜的更替
走向彻底的枯萎
如同生活掠过门前石阶的身影
既无比荒诞,却又优雅万分

旋　律

是谁在诉说

夜的故事

薄雾一样的凄美忧伤

是谁在抚过

岁月冰冷厚重的墙

寂寞参透，沉静冗长

是谁徘徊在长巷

默默倾听远古时代传来的回响

琴弦拨动那千军万马的苍凉

任由那

生的辛苦，活的战栗，死的欢乐

挟裹而至

层层漫漫

从深夜，到凌晨

再至黄昏

继而沉入，没有边缘的梦境里

潸然泪下

异　类

他总是，紧闭着眼

从来不看天空

更不看，人群

明明是方正得近乎庄严的脸

却偏无时无刻地

向世界展现着一无遮拦的笑

痴笑、傻笑、大笑、狂笑、癫笑

欢喜也笑悲伤也笑愤怒也笑绝望也笑

咧开大嘴，没心没肺

仿佛，笑是他唯一的所有

只可惜，身体出卖了他的灵魂

那弯成古怪弧度的姿势

双臂用力抱住自我的瑟缩

怪异的俯身、僵硬的手指

无处退缩的裸露的胸膛

好吧，到此为止

我于是知道

再无所畏惧的笑

也不过与

卓别林的夸张滑稽表演

如出一辙

夭　折

春光肆虐

美不胜收

深沉的绝望

火红的身影

撕毁

重复的缠绵

一遍又一遍

在岩石荒野之上

燃烧那

孤寂灼热的吻

缘起，幻灭

只愿，永远记住你红润的双唇

如无花果被轻轻割开的鲜艳无比的美

只愿沉醉，在你那漆黑双眸的浸润

看不见你眼角的皱纹在慢慢浮起

只愿依恋着，你丰满柔软的温暖腰肢

凝固住时间的悄然流逝

不去畏惧短暂生命消遁的痕迹

有情轮回生六道

犹如车轮无始终

啊，我亲爱的渴慕乐

你可知道我就是这样地爱着你

爱着逝去的一切

倾　诉

不需要娓娓道来的从容不迫

也不必喋喋不休的纠缠追索

而是，只要

徵微眯起双眼

双唇闭并不带丝毫言语

更绝无悲伤

空无一物的表情

恍若水洗后的天空

深邃，悠远

没有多余的故事

有的只是

不动声色的残忍

温柔地记取了

每个彐与夜的繁忙交替

任由阳光

把

岁月的仓皇流失

写满

木木篇

孤　独

雨

跌落在

冰冷空阶

香消艳殒

如花美眷，似水流年

捆绑昔日的甜蜜

任苍凉空旷刺穿身体

在岁月的妩媚祭台上

没有归途

碾烧成灰

樱花之赞

绝无保留的繁华与盛大
一如哀伤本身
每一瓣都有着
令人几近心痛的美
晶莹剔透
二如欢爱美好
每一场都尽情绽放
那烟花般的片刻灿烂
酣畅淋漓
三如生命的丰满虚无
独舞在静寂空气
听不见寒风骤雨的肆虐
和着金线般洒下的阳光
没有温度
一片继着一片
一层覆上一层
纵身投向死亡
细细缓缓，纷纷扬扬
倾其荡气回肠
也不诉欢聚离殇

如此地活过
即便短暂,那又怎样?
远远胜过
几亿万倍的
苍白贫瘠的漫长

醉

豪饮千盅酒

式消万古愁

眉飞裙舞君莫怪

风流只向杯中寻

摧枯拉朽

恣意缠绵

任风花雪月

天上人间

木木篇

记忆碎片

那一日

你在幽清曼妙月下，望向我

目光如黑宝石般温柔

没有决裂的痛楚

你朝我挽起的

是暗夜灌满的沉默的弓

钝重的傲慢

不自知的绝情与悲凉

投身在青春迟暮

演一场盛宴庆典

你说即使是在千百年以后

亦可在

万千人们的衰老里

一眼认出我

相拥的意义

不在奉献，只在占有

只如枯叶对春天的赞美

永不停歇

问　诗

满纸纵怀描欢乐

写尽凉暖颂春秋

从来只恋欢情好

懒往思量聚离殇

生如繁花安似锦

不及了无空繁忙

梦里哀愁向谁诉

犹拥寒衾度辰光

乐，无常

春光重重催更漏

繁花乱眼撞入怀

道不完甜蜜酸楚

演不尽悲欢离合

不妨悠闲写静寂

自寻自在自欢喜

晨钟暮鼓

洗尽铅华

雪

屏住呼吸

体会着自己的渺小

置身这雾茫茫白色世界

聆听·来自虚无的声音

有一双温柔的手

在轻轻剥去，花朵的衣裳

夜寒昼暖，缱绻痴狂

谁在对生命许下

轻易的承诺，记取种种

欢乐的可怕

疼痛的欣慰

雪不语，山峰静寂

无悟无戒，悄无声息

只是把那冰凉透体赋予

它不知晓，戎早已尽尝割裂的滋味

不需要提醒

更没有秘密

只把那死亡的美

葬身这连绵不绝的静谧

与那莽莽天际

合而为一

一天之后

喜欢此刻

清空的脑袋

停滞的意识

还有这

疲倦混伴着微微醉意的身体

空气中浸润着，无名芬芳

诱人香味，窈窕身姿

月光下挺拔的美

啊，是俊美的纳西索斯

他在对我展开迷人的笑靥

魅惑的邀请

如末世爱情的绝望频催

好吧，从这一分钟开始

我将丢开幼稚的抗拒

不再停留，完成所有的等待

闭上眼

慢慢滑入你

水底的那个世界

温　度

我不在这里

窗外也没有夜鸟鸣唱的声音

每一个优雅转身的背后

都有再熟悉不过的节奏

在借着黑夜的颜色

步履细慢,波澜不惊

一点一点

把残缺推送过来

取沉默,渐缓渗透

壮丽无边

因为窥见了消失的必然和随意

贪恋梦境之美

从此只要

闭上眼,张开飞翔的翅膀

就可以把那世间所有欢乐

尽情捕捉

木木篇

清　晨

当万物尚在酣然沉睡

告别黑夜的钟声还未曾完全敲响

我从无梦的夜晚醒来

望向窗外

一瞬间深深庆幸昨晚的忘却

无遮无掩的视线里

迷蒙蒙的大片奇异无比的淡蓝

如画卷般在我面前展开

第一抹阳光还未曾跃出深谷

薄雾如一层洁白软纱

沿着清晨微微跳动的光线

仿似羞怯的少女

在慢慢往森林中退去

混沌不见了

漆黑的恐惧亦行将烟消云散

呈现在眼前的熟悉又陌生的世界

宛如初生婴儿的面容

是什么给了清晨如此巨大的魔力？

仿佛是一秒钟之内完成的转变

以欣喜近乎感动的心情突然发现

园中枯草在一夜之间换上了翠绿衣裳

墙边密密树篱嫩黄细芽新装油光发亮

庭院角落里，亦静悄悄长满了

星星般繁茂的俏丽花朵

空气中流淌的芬芳

清晰可辨，沁人心脾

一切都是崭崭新的

多么神奇的给予

生命的无私奉献

昨天不见了

明天不需要存在

就在此刻

只在此刻

被洗涤被重新唤起的

不是激情，更不是勇猛

而是，温柔的感恩

我要摒弃那个退缩的自己

心生欢喜，自在无碍

我要以，轻盈洁净的赤裸灵魂

回报这蓬勃美丽的饱满清晨

快活中安好，平静里

珍惜余生

木木篇

执　着

不会停止

你是挺戈执矛的勇士

厮杀在没有号角吹响的战场

饮鸩吞尘，弑虎戮象

不存在退缩

无畏是你的名字

平静的傲慢是你最擅长的衣着

望不见枕边万季枯萎的花朵

听不到四面低沉翻滚的楚歌

死者的微笑

圣人的嘱托

统统抛下

置身铠甲重重那一意孤行的寂寞

把万世的殊荣捧在手心里

一步一步

走向没落

恋

只要轻轻地伸出手

便总能触摸到你

总是那样的姿势

微俯着身，潇洒随意

仿佛即刻就会，向我走来

阳光五彩斑斓

洒在你的脸上眉上衣角发梢

灿烂无比，盈盈笑意

忘却和记起

需要同样的勇气

昼长夜短

岁月阑珊

任时光哀喜衰荣

只想，这样静静地

不去掩饰唇边荡起的欢喜

把欢乐埋在你温暖的肩窝

消失了所有的苦求寻觅

痴恋相守

缠绵不休

安至百年后

小　麦

独爱你的粒粒清香

于是去忘却

从青青细苗浇灌成沉沉颗穗的辛苦

恋上你金黄摇曳的身姿

所以隐藏起尖芒刺破肌肤的疼痛

只愿看见你，微风卷过细浪的妩媚和壮阔

用幼嫩笨拙的手，欢喜无比

去抚摸你种种的勃勃生机

每一株都洋溢着美好

仿佛在诉说着生命的神秘与激情

山冈上走过我小小的孤独身影

是你分解了我的畏惧和不安

犹记得拥抱你的温暖

那层层包裹着

充满鼻翼的芬芳

映证你醉人的饱满

时光骤逝，不可回转

懵懂少年，白发苍苍

你不知道，在很久很久以前

我便已失落了你

只能在无数次的梦里，亲吻你

跟随你，飞回故乡

从此不再，两两相忘

虚构的热情

你摆出一副
飞蛾扑火的姿势
可笑的专注
绝望的面孔
灰暗的翅膀扇起狂热的柔情
丝毫察觉不到被灼伤的痛苦
以为灿烂的燃烧会换来涅槃的印记
多么的愚蠢

对不起,忘了告诉你
沉溺病态的爱
所带来的拥抱
不是枯萎就是死亡
没有太多的意外
不需要伪善的感伤
静静地停止
任决裂吞噬
把所有灰飞烟灭的繁茂
每一个不曾到来的明天
永弃海底,把那
没有轮廓的飘荡
一笔勾销,再无丰饶

木木篇

欢　呼

有一种疼痛

没有声音

它静静地

埋藏在血液中

生长在骨髓里

有着潮汐的形状

随着你每一次的呼吸

轻柔地涌起，钝重地漫开

一波又一波

淹过你，浸透你

一下又一下

碾碎你，蹂躏你

快活地对你，肆意凌虐

因为这感觉太过熟悉

所以你不但毫不在意，竟还学会了

迎接它的姿势

你微微眯起眼

扬起风帆一样的笑颜

被割裂开的万千碎片

自有着

不动声色的力量

把鲜花和赞美

喝彩与诽谤

随意丢弃两旁

在一遍又一遍的摧毁里

走向很远的远方

暮歇晨起，安然无恙

着 相

当我感觉到剧烈的疼痛时

我想我是幸运的

因为我的身体还有知觉

当我体会到分离的不舍

我想我是快乐的

因为我还拥有爱的能力

当我抑制不住去流泪去伤心去号啕大哭到崩溃

我依然想着

我是幸福的

因为我还有一颗鲜活灵动的敏感的心

我知道什么是甜美，什么是碎裂，什么又是完整

我知道我从哪里来，我知道我最终将往哪儿而去

因为我知道我的知道，所以

我不为我的疼痛而绝望

也不为我的不舍而羞耻

更不为我的哭泣而道歉

我就是这样的一个我

喜欢热烈地去爱

热爱纯粹的美好

向往美好的简单

也许世界光怪陆离

也许生活千疮百孔

也许不管我付出怎样的努力和辛苦

我也理解不了那么多无法理解的纷扰繁复

我理解不了,且创造不出我想试图的创造

也许我什么也改变不了

抵达不到

但

至少

我知道我一直在路上

我知道我在慢慢建起

这属于我自己的微小完整

不管在何时何地

听凭时光无声穿过我的身体

任万物消失飞逝快如烟尘

没有畏惧

我依然有勇气继续聆听

聆听世界

聆听我自己

我依然用热爱

去拥抱喜悦,亲吻残缺

再把所有的喜怒哀乐,酸甜苦楚

轻轻揽进,我的心灵深处

木木篇

亲　密

谁曾经告诉过我

一分钟的拥有

比永恒更重要

抗拒的意义

在于索取而不是给予

落在冰凉额头上的吻

给未知的甜蜜,涂上

无数层幻影般的色彩

一如冬日阳光下柔软的唇

温柔的萌动

耳鬓厮磨

小小的、单纯的、无知的希求和欲望

世界在这一分钟里安然消失

没有了所有的纷扰

只静静地,把片刻

印入对方的瞳仁

归 去

有人曾经仔仔细细地想象过吗

你所向往并盼望的

是怎样一种方式的死亡

也许老态龙钟

躺在安详的床上

儿孙满堂

也许流浪在远方

在孤单的淡然里

静寂丰满

也许不用等待那么遥远的漫长

而是在电光火石的意外消失里

只来得及回忆童年的欢乐时光

也许

在最后的那一分钟

有心爱的人在你的身旁

轻轻地牵起你的手

俯身在你耳边让你不要害怕惊惶

也许

你病入膏肓

死神在你脚跟打转

你却依然把双眼紧紧投到窗外

试图努力唤醒自己，唤回那

已然消逝的年轻有力的躯体

重新去再一次奔跑进阳光里

也许

没有也许

生命不曾给过我们预先的召唤

此刻属于我们的呼吸

庞大之极的感伤与微若尘土的喜悦

一切的源头，都来自于虚无的偶然

如同那，所有的结局

都将归诸和源头一样的无声空旷

生的美丽

死之永久

如果可以选择，我希望不要有告别

而是一个人静静地离开

云停风止

在褪去所有繁茂活着的衣裳背后

我愿意看到自己

被夺取的那一刻

有平静环抱，从容无哀

感受自在的欣喜

恬淡里绽放最后的温柔

旅　者

离开

未必只是为了寻找

没有来自远方的呼唤

也并非是心灵的焦灼

而只是,想出去走走

甚至,也许更简单

是因为突然看到窗外的白云

于是迷上了随风迁徙的滋味

又也午,是想去体会

在短暂陌生地撕扯开羁绊的孤单

想在那,说走就走

不需要停止的

一段继着一段的旅程里

享受独自的任性

切断退路,去走向

快乐又战栗的种种未知

允许自己去沉沦,并爱上那

换一个自己筑一座新城所带来的

无与伦比的美妙触动

不需要苏醒

尽情享受虚幻的美好

木木篇

以及，独自狂欢的刻骨静寂

顺便忘却

回来的归途

如此

重复又重复

母　亲

我想为我的妈妈写一首诗

然而，当这个念头

才刚刚飘进我的脑海

我就猛然发现，言语的贫瘠

也许，唯一能描述母爱的

只有两个字

词穷

啊，是的

我可以运用出天底下最漂亮的句子

来歌颂世间最美的爱情

我也可以，翻找出最伟大的故事

来赞颂古往今来那些了不起的

人们所创造出来的种种丰功伟绩

我可以写什么是成功什么是

心痛什么是慈悲什么是欢好什么又是喜极而泣

我唯独写不了生命的创造和延续

写不了我亲爱的妈妈给予我的一切

写不了她为我倾注的所有青春和心血

写不了她对我毫无保留的付出和陪伴

写不了她给我的无穷无尽的爱与温暖

我写不了，一个母亲

为她的儿女们

用自己的一生

默默无私奉献的所有岁月

从年轻美丽,到白发苍苍

不求回报,无怨无悔,永无止境

如果说

一定要用言语来表达

那么我想我唯一能对我妈妈说的

也许只有两个字

感恩

亲爱的妈妈

感恩你给了我生命

感恩你养育我成长

感恩你赋予我理智

感恩你陪伴了我的无知

我最要感恩的,是你教会了我

什么是爱

温柔的赞许,细致的叮咛

啊,亲爱的妈妈

你给了我那么多,我却

什么都回报不了你

我只能回报你一个轻轻地拥抱

亲爱的妈妈

我想在这个拥抱里告诉你

女儿已长大，请别再为女儿担心操心

我想告诉妈妈

不管前面的路有多远多长

我都会心怀欢喜认真地勇敢走下去

我还想告诉妈妈

在以后的日子里，由女儿来代替

那些你已经承受了太多的辛苦

岁岁年年，青丝白鬓

是接力，是繁衍，是传承

让女儿来陪伴你照顾你

一起把爱的赞歌

慢慢延续

爱你，亲爱的妈妈——祝亲爱的妈妈母亲节快乐！

木木篇

瞬　间

如果可以

真想停留在此刻

永享晨风的微曛

倾听无边的静谧

一步一步走进去

全然地陷进空旷

闭上眼

沉醉这甜蜜的清凉芬芳

让满满涌入鼻翼的森林气息

慢慢抚过我裸露出的肌肤

翠绿草木的葱荣盛放

仿佛悲恸尽情浸润

吞噬我,融化我

战栗的欢喜

生机勃勃

又有那

细微跳动的阳光

如同顽皮的孩子

在巨大枝叶的缝隙间

投下一簇又一簇金黄的碎片

亮亮闪闪,忽停忽歇,忽而又踪迹全无

和我一起

与这变幻莫测的莽莽丛林

玩着捉迷藏的游戏

游戏里忘却时间的漂移

尽情地完全地丢失自己

只可惜

消失不去的是沉重的躯体

总是把存在的提醒忠实地履行

化不成风，凝不了雨，变不成空气

只有惊醒后衍生的无趣

骤然听到远处传来尘世的消息

于是只好在一声长长的叹息里

任羞愧裹挟着我

匆匆

掩面而逃

等　待

在每个暗夜将近的黄昏

我坐在楼梯上等你

眼前高墙林立

烟笼雾罩下

巨大的城市有如幻觉

闪闪烁烁

遮掩着虚无的真相

你说你在远方

为了理想背上重重的行囊

埋头疾走

不知疲惫

你把长长的身影投在地上

车轮滚滚碾过你不羁的孤单

人潮汹涌，昏暗窄巷

时光呼啸而过

卷起冰冷的风

吹疼你瘦削的肩膀

犹然记得所有你曾经说过的话

你说你有一天会

踏着金色灿烂的夕阳归来

悲伤的憧憬

欢乐的哀鸣

夜以继日

渐渐消失的,不仅仅是牵手的承诺

还有那,幻灭的微想

折翅的祈盼

跌落在你出走的那个夜晚

你把,软弱的

明明灭灭的希望

永不存在的安详

留给了我

堆挤在每个黑暗倾盘而至的角落

对我

唱起咒语一样的梵歌

陪我静坐在楼梯上

在沉默里,把一生

欢度完

门

我知道

门外有光

只要轻轻一推

它就会迈着灵巧的步子

带着调皮的笑蹦跳进来

我知道

门外有全新的空气

只要轻轻一推

它就会扇动柔软的翅膀

带着温柔的爱围拢过来

我知道

门外有各式各样美妙的声音

只要轻轻一推

它就会奉献上最动听的歌喉

带着甜美的哼唱把我包裹起来

我知道

只要轻轻一推

世界就会,很不一样

可是,我依旧只是躲藏在这里

躲在门的这边

也许

我已习惯了孤单

也许

是怯懦和畏惧阻挡了我

又也许

我不该恋上静寂

不该恋上全无欲望的安好的美

就这样，沉溺在一动不动里

在凝望里完成一切

把所有的往昔和今日

再一并绑缚上没有悬念的明天

都交给了这扇

没有思想不用思考的无罪的门

木木篇

舞

没有音乐

静默横陈在暗夜里

如蠢蠢欲动的小兽

尖尖指甲轻轻划过玻璃

发出快活的咝咝声响

美妙的颤动

一波跟着一波觉醒，漾开

漩涡般盛开漆黑的美

把浩瀚长夜永恒覆盖

又有那残缺梦境

倾俯下温柔身影

用那重重叠叠穿透不尽的厚重幕布

热烈迎向你年轻光洁的额头

和着岁月的钝重步履

敲踩出鼓点般的节奏

在盛开的如花笑靥上

遍刻下鲜活的裂缝

数不胜数

每一天，每一晚

长长短短

每一分钟的

重生与死亡

远　方

我站在这里

脚尖碰触到大地

华而不实的梦想

一直延伸致远方

尘矣一样的存在

在灵魂深处

构筑起一座炫目的城

我在那里欢唱

我在那里沉默

我在那里呼喊

我在那里点燃微幽的烛光

别害怕

我并不想紧紧地绑缚你

甚至

连半秒钟的拥抱也不希求

我只是想

轻柔小心地挽住你的臂弯

静静地在你身后停驻

我只是想,稍微地

这么休息一下

在片刻的遗忘里

木木篇

任由易逝的躯体

独自享受欢快的沸腾与沉寂

一如已奔赴进你的梦境

尽阅那安好美丽的

真正的抵达

时光的墙

白色的阳光白色的沙滩

白色的时间如白色牛奶般缓缓流淌

白色没有边缘的天际下

轻盈海鸟盘旋啾鸣飞翔

暖暖海风吹拂着蓝色波浪

涌溅起层层叠叠的欢乐声响

美好的沙滩安静的沙滩

我用当下筑起一道白色的墙

镌刻所有的光彩斑斓在墙上

像孩提时收集美丽的糖果纸

把每个灵动静寂的片刻收集

收集成宝贵的专属于自己的秘密

独自的欢喜，独自的快意

在岁月的消损里

留下存在过的痕迹

温柔的静谧

躺在无垠的夜空下

仰望星星

幽亮遥远的星星

是童年的双眼，满怀忧愁

却又闪烁着渴望

忽暗忽明

晶莹纯简

在诉说着勇敢幼稚的誓言

枯萎的玫瑰花瓣

已然被风吹散

却依旧

飘浮在茫茫宇宙

寻找消失的永恒

也许，不应该叹息

随风腐朽，正是生命的全部意义

呼吸、相望、倾听

不是为了创造梦想

而是为了拥抱虚无

追逐不休的脚步

只为去书写

绝望的囚禁
所幸
我明了这种囚禁
因为在囚禁里可以接近
心灵深处那泓涓涓清泉
从此
没有抵抗，放下企盼
只把温柔的静谧轻轻守候
让每一个片刻，停止
化为无声的永恒

木木篇

沉　默

我不曾望见光

这是一片被遗忘的荒凉墓场

黑魆魆的厚重墓碑,仿佛废弃的骨骼

横七竖八,歪倒在长满苔藓的大地上

我不曾听见风的声响

只看到那庄严的阶梯

一步一步通向肃穆的血腥祭台

尖叫欢腾,把无声的悲鸣送达天际

我不曾闻到森林的燃烧

空气中飘浮的是生命停滞的美

杀戮的号角,吹奏着往昔的荣耀

任消亡的芬芳如烟花般盛开在云霄

谁曾经告诉过我

历史的巨大肩膀

是凌驾在死亡之上的永恒篇章

用已知的渺小叩问未知的庞大

是人类必须完成的使命和梦想

谁又曾经说过

生命的存在不是偶然

而是神圣彰显的造物

空旷的语言

密集的思想

我只想说

时间才是所有万物的主宰

那条没有表情的茫茫洪流

最伟大神秘的力量

它席卷一切带走一切

风起云涌,潮生潮灭

每一分钟都在生里贯彻着死

又在每一秒的死中奋力而生

在沉默中轮回翻滚,永不停歇

这一切

没有昨天,也不存在将来

木木篇

罂粟之歌

恋上你

火红的身影

摇曳出千百万个寂寞

轻视你

不知悲乐

薄如蝉翼的纱帐包裹

竟把汁液甜美酿成哀歌

心疼你

孤单无恙

孕育着乌托邦的魅惑

却成不了桃花源的解脱

幻觉与真实

谁比谁重要,谁又比谁更美好

我只知道

我要

走向你

遁入你

沉溺你

拥抱你

与你一起,尽享那捆绑

永无止境的残酷与快乐

墙　角

只要再往前迈两步
就可以转过那个墙角
枯萎的花瓣飘落在你的脚背
消失殆尽的鲜艳，斑斑点点
情欲过后席卷而来的死亡般的孤独

背后却依旧埋伏着汹涌的阳光满屋
毫不吝啬，洒在裸露的胳膊上
映照出皮肤下淡蓝色血管
缓慢地流动的哀伤
所有的新生必将以毁灭为前提
一种执妄
无声的回响
如温柔的海浪
一浸一波划过心房

撒不兰度/再见

没有告别

也不需要询问

我喜欢这样

只要再静静地看你一眼

然后，让彼此安详地走开

请一定不要回头

因为我不愿

总是轻易读懂你眼睛里的所有温柔

无声的语言

如和醺的阳光抚过眼角

使人微笑，也可以锋利似刀

请原谅我厌倦了疼痛

与其任苍白的拥抱

在时间的挟裹下渐缓凋零

不如切割开凝固的甜蜜

所有的过往

把那秋风初遇时的诧异和惊喜

融入寒冷冬夜缱绻的缠绵

没有夏季灼热的企盼

亦摒弃开春天来临的绝望

以不胜快意的惊鸿之姿

一瞥而过
从此
只让记忆写满

撒不兰度
是再见
也是
永不再见

无　言

望向你

如同望向自己

停驻在时光里

用凝视的目光温柔

来寻找曾经相契的足迹

没有人比我,更懂你

当沉默与孤单

各自形成习惯

我们用盈盈笑意

来抵御时间的残忍

把高墙堆砌,去抗拒

空白悄无声息的侵袭

学会淡漠,学会退缩

因为害怕拥有

所以宁愿啃噬寂寞

一任荒芜独自疯长

去避免任何的深刻

笑看美丽流星飞逝

冷对灿烂烟火消失

屏息屏气

沉入深海

永不需面对

脆弱的

夭折

梦 境

抬头看到

夜的降临

尖尖檐角伸到漆黑天空里

热烈触摸着梦的静寂颜色

成群的乌鸦扇动翅膀

清闼无声

温情脉脉

长袖飞舞

盘旋流边

停驻在，咿咿呀呀唱着戏文的舞台

枯死的梅高高耸立在幽深庭院角落

别停止奔跑

即使疼痛如赤裸双脚行走过冰冷海面

战栗的快活，也胜过

被禁锢在原地的瑟缩

别停下脚步

不去看孤独在扬起漫天沙土

酣畅淋漓的疲倦，只为迎向

不灭静谧

无哀之城

般若梵天

双手交叠,奔跑进

没有边缘的黑色

不担心睡去,也不畏惧醒来

木木篇

暖　暖

把灵魂交给你
尸骸留给大地
轻吻你的眼睑
化身一片微小金黄的阳光
静静停留在你光洁的额头
别退缩，请允我牵你的手
让我触摸你掌心的冰凉
陪伴你纯洁完美的寂寞
在花开花落间
期许你雨露
走近你，聆听你
在，爱尚且
没有形状不曾命名的时候
摘下所有的面具
和你一起，度过
每一个来临的黄昏与早晨

琴　键

指尖划过你

细缓地敲击

试图去

一点一点唤醒记忆

从尘封的岁月深处

呼唤出你

呼唤出

曾经灵动翻飞的影像

生命盛开奔放的舞蹈

去碰触

去叩响

那,已然

消失的音符

什么也没有

被遗忘的音律

是形不成线条的言语

悬浮在这空荡荡房间

悲哀渗透

渗透成漆黑深海

千百次回旋黑与白

在沉寂里

把所有鲜活优美的过往

丰满年轮的流逝繁华

——

无声祭拜

棋与樱桃

樱桃白白的

樱桃红红的

为什么都那么那么好吃呢

好吃得令人只想惊讶只想赞叹

双颊发光满齿留香

吃到手圆肚圆

贪婪的你呀

还不肯停下

再配上那

白子与黑子的厮杀

左冲右突旌旗摇响

所向披靡攻城略地

粉红娘娘与海盗船长笑眯眯对峙

飞了茵草落了娇花

颤羞羞把一片殷红丢弃

只来得及

低眉顺眼草草收兵

哪管这柔美纷乱

情荒慌任意铺满

木木篇

邂　逅

我无法,给这次相遇
冠上随意的命名
双膝间有摊开的书页
宽叶草的尖尖上,露珠摇曳生辉
你以罂粟花火红样子的美
对我展开笑颜
把盈盈笑意
作为一切的开始
从那刻起,我突然
听见了风的声音
迁徙的鸟静悄悄收起了翅膀
我看到金色的光在沙滩跳跃
仿若芬芳早晨的频频亲吻
轻轻落在恋人那微醉的玫瑰双唇
温柔地陪伴,这美丽的黑色之影
闭上眼,去细读
在璀璨夏日里写成的爱恋的歌
没有时光流逝的忧伤
只有浪花般轻涌的欢喜
一朵镶接一朵,层层叠叠
蓝眼睛,黑头发
海的短暂
海的永恒

戒

时间匆匆,教会我

用微笑作为复制

使每一个来临的早晨

都具有初生婴儿般无瑕的美

没有分辩,只把所有的色彩清澈

神秘未知的洁白,全部

带着欣喜迎接进生命

时间匆匆,我愿意选择

一个最为轻盈自在的姿态

在漫长的白昼光线里尽情旅行

去飞越森林涉过城市潜入深海

偶尔,流连停伫在

空无一个的房间

时间匆匆,怎样都不算鲁莽

即使是忽而消失在人群汹涌的街头

远走,只为看青山苍莽遍尝寂寞

一个人悄然等待,那

妩媚悠长的黄昏姗姗来迟

木木篇

时间匆匆,我知道我终于可以

就此拥抱你

拥抱你悲悯的身体

收留你无处寄居的灵魂

从此在黑夜里,再没有苦楚

一起

准许岁月随意靠近

一起

去到梦境,倾听黑夜侵蚀光滑墙壁的声音

一起

把哀婉悲伤的绯色

慢悠悠枯成白骨

相视而笑,牵手

等待下一个轮回的日出

逐

阳光如金色波浪

摇曳着辉煌的身影

奔跑在黑夜

没有早夭的爱情

花蕊深处绽放消失的

是层层恋慕包裹下，那

稍纵即逝的瑰丽烟火

热烈地迎向你

繁华幻灭只在一秒之间

弹奏音乐的温柔双手

把隐秘欲望，——

唤醒

亲吻你冰冷燃烧的唇

描绘天堂

镶镀出最美的梦的颜色

伴我一起

在无哀之城里

抵死缠绵

木木篇

路　过

当最后一抹冬阳

从深蓝天际洒下

大把酒红

我仿佛听到时光撤退的声音

匆忙中带着快意，踩着鼓点

消失在森林边缘

离开的脚步

给尚且不曾到来的黑夜

染上微醺的醉意

暮野四合，温柔覆盖

璀璨余晖映照下

谁在爱慕着飞鸟的舞姿

漆黑翅膀扇起千种甜蜜

浅吟低唱，相逐相依

谁又在等待夜色堆燃

往返流连的赞叹

爱恋轻抚，耳鬓厮磨

水的波纹晃动

映出行者的孤单身影

在每一寸渐次消退的黄昏幕布上

印下，来过的足迹

恋你，留不住你

只来得及把刹那的美丽写进记忆

带着希冀

收拢住所有稍纵即逝的欢喜

轻轻昂头，不畏惧

跟随你的离去

一起

迈进黑暗里

木木篇

双　生

再一次

沿着那一条闪着微光的小路

折回去看你

山风吹过青涩野草

慢慢堆砌的记忆

零乱的桌椅,陈旧的玻璃

清凉灯下倚窗的角落

你摇动年轻的双臂

掌心托起一株带露含羞草

娇嫩的玫瑰花瓣落了一地

似走向坟墓,又似迎往新生

世事繁茂枯荣

你在短暂黑夜拥抱青春的身体

我在漫长的白昼里闭眼旅行

在时空交错融合的时刻

守护你陪伴着你

那不曾渴望爱情的少女

与后来的老态龙钟

完好地重叠

井

你的漆黑双眸

哀伤如薄雾

凝满水珠

把所有的困惑与怀疑写入

青春的历史，成长的方式

没有些许的停顿

不存在胶着

燃烧的是身体

是影

是愿想

是纯真是岁月

不去否定热情与甜美

追溯到婴儿一样的简单与纯粹

拥抱世间最美丽的陪伴

愿生命的短暂

告诉我们欢喜

不把孑然孤寂抛弃

深井里是哀伤也是欢乐满溢

谁都知道最后的结局

屈指可数的时间后

你和我相聚在

未知的唯一

守 候

我怕

惊醒你

所以总在

晨风未起的时候来看你

看你纤弱的睡姿

幼嫩身体

轻柔呼吸

眠伏在行将消失的夏季

你微微地笑,不带一丝忧伤

用你

被照拂的世界

触碰我的寂寞

悄无声息

你在观望谁想念着谁

睡梦里淡淡的皱眉和欢喜

玻璃瓶里无争的世界的守候

是爱怜是禁锢

有一个名字

叫

温柔之爱

永无尽头

祭

逃离是重生

挣脱桎梏

来一场酣畅淋漓的放逐

在没有哀喜的音乐天地里

与你

跳一曲快乐影子舞

倾听你

月光浸润下的清辉满地

所有的空旷回想

温柔爱意

丰满了每一秒

那消失了的点点滴滴

追寻你

去往不知名的黑暗角落

拥抱你

一起轻轻坠入

死亡

失乐 · 阿尼玛卿

告诉我

你是否听到

风儿簌簌刮过山梁的声音

它在呼唤你同往，去朝拜

远方的天堂

告诉我

你是否有望见

经幡微微掀动空气的舞蹈

它在召示你苏醒，去亲近

神圣雪山的凛冽肃穆

告诉我

你是否有数过

远古留下的五彩寺碑巍峨

它把所有的烦琐悲伤欢乐

化为，双手合十的低眉

匍匐在旷野

用虔诚写你的名字

奉心无旁骛的忘我

洒青春无悔在路上

纵身,投入

那淡然消失永不逆转的命运

不问答案,只埋首行走

孤单世界里,独自

谨一曲静寂梵歌

漂浮的鱼

我梦见一条鱼

漂浮在空气里

微张着嘴,鼓动着鳍

它不会语言,且刚刚失落了眼睛

语言和眼睛组成的文明

硕果累累

包裹着完美无缺的黛青色鳞片

包裹着时间

慢慢形成割裂

没有游弋,只是漂浮

舒适美好的漂浮

空洞而完整

带着笑意的嘲讽

用岑寂更替知晓

祭停顿取代苍白

凝固在森林深处

只要不去唤醒

鱼依然可以是鱼

夏

选择

在深夜出行

天空未有颜色

除了大片大片的漆黑，静默

这一刻，我想起遥远家乡那道凌晨的光

它总是喜欢尾随在这片漆黑之后

越过山峦越过窗棂越过床头

停在我未曾苏醒的眼睑

用穿透一切的生命力量

潜入，我的梦境

在我光洁幼嫩的额头上

映照出一片血红之海

我并没有忘记来时的路

我只是一时的恍惚

漆黑衍生的温暖，历历在目

那些不知名的花朵

习惯绽放在蓬勃暗夜

沾了露水的野草缓缓弯下身姿

我的笑是花朵

我的眼泪在脚边汇成细细的河

木木篇

留恋着夜的芬芳，向往夏的诱惑

别停下脚步

就这样一直一直走下去吧

我知道我的欢喜

在漆黑中热烈地生

迎向阳光而死

轻快穿行于岁月的时间隧道

不断轮回

每一次、每一天、每一个停顿

一　秒

等待清晨的光

从夜的边缘渗入

它在小心翼翼地试探

是驱赶还是寻求某种认同？

突然没法想起天空的模样

是灰色，还是湛蓝

更不能想起时间的形状

是椭圆，还是四方

记忆呈失重旋转

一场雨，一阵微风

一枚发黄的树叶，一次没有出发的旅程

一页写满音符却形不成旋律的空白信纸

它们

一一勾勒出你的轮廓

那些代表什么？

这一秒

越是遥远，越真实

再真实

我也依旧不能读出你的名字

流浪汉

今天，在大街上

我遇到一个流浪汉

他西装革履，气度非凡

长长的发辫垂下来束在腰间

高耸的肩膀上扛着红云似的行囊

他面容严肃，双目炯炯

坚固挺拔的身姿有如在告诉你

告诉你他来自那个从未有人去过的异乡

他大踏步行走在大街小巷

有如行走在一片静寥沙漠里

他走进热腾腾的森林走入裂开的大地

走在一个完整的世界里

有如走在凡人到达不了的某个天堂

谁都没有他勇敢

谁也都没有他那般轻盈和舒畅

因为他晨歌暮起，自由自在

拒绝赞扬与喝彩

比拒绝孤单还要困难

他把他的欢喜悲伤，重生与死亡

只写在他自己的胸膛上

钥 匙

我就偏爱

这样的简单不疾不徐的生活

在许多被虚度的落日里

慢慢观看时光的流逝

当枫叶红透蓝天如洗

我是那消磨了光阴和归途的旅人

除了琴声、雨水，钟表里的陈旧往事

再无其他可以积攒

当天地静默、遍地茵陈

我是那心无大愿之人

手捧四季春秋的古旧

锦瑟年华、落花涨满湖泊的一生

我用最疏淡快活的姿态

去读写白昼黑夜的形状

朝来暮往

纷繁书页

一天又一天

一年又一年

木木篇

劫

我写了一个故事

在我的膝盖上

每当我俯身阅读，星空便会翻转

河流飞上天幕，大地在头顶悬浮

有金色的光割破眼睑

什么都不用捕捉

分针秒针，那些时间的碎片

紧紧抿住的嘴角，微笑

来不及观望的童年

等等，有如倒置的

一簇簇黑色芦苇

在阅读中连绵不绝地漫延

形成帧帧画面

巨大，深远

层层叠叠

不存在迷失

我只是在故事里找不到回去的路

我不能停止写

如同我停止不了阅读

膝盖是我能抵达触摸到的最后的点

是我唯一可以任我自由雕刻的世界

索性拥抱颠倒

停伫在这一刻

找更鲜艳的颜色来涂抹

刀尖慢慢刺入，剖开

用泼墨般的红来覆盖

更认真地去看，去观望

甜丝丝的静默如花朵绽放，如此美好

颠倒的快意，所有

在刺入那一刻，瞬间

姿态优美

聚在我眼前

木木篇

送　别

阳光从窗台投入

留下影子

一片一片，一缕一缕

也许

今日就是昨天

明天只是今日的重复

黑夜之后

每一个来临的清晨

既漫长又转瞬即逝

每一天，都没有任何不同

在温柔岁月注视下

轻盈往返

然而，你我都知道

这是送别

时光的纤细之手

每天都在翻过新的一页

每一天都是全新的一天

绝无重复，渐行渐远

当昏黄白色染上你鬓角

宁静的额头不再饱满光洁

怔然回首，你看到

万物皆在凋谢

唯记忆残存

空　白

有一种梦境

微光闪烁,沉默寡言

没有形状的房间延伸在黑暗里

森然林立

裸露的脚尖轻点,走走停停

穿行其中

每走一步都是风景

清冽的水在脚边盛开犹如白莲

黑色鱼儿游弋在戈壁

柳叶翻飞,枯木亭亭玉立

金色的钩子坠入咽喉,我望向你

这是一场没有声音的盛宴

鱼儿是我戈壁也是我

你是随风消逝的烟

无名无味偏又缠绵绕指

在黑暗片刻

停止住时间

柔软温暖的爱意

刹那芳华

忘　川

乱乱的，淡淡的

亲一亲，静一静

静一静，战栗的心

什么都可以忘却

忘却已然拨出的号码

浓荫树下的闪烁微光

忘却生涩的灼热

指尖缠绕着渐行渐远的冰凉

忘却爱你，如同忘却孤独

不曾走过陡峭高耸的门廊

没有疾速掠过的记忆

掩藏起所有的顺从

快乐与妖娆

无忧亲密

忘却那一夜

只需记得那皎皎月光

爱与被爱的欲望

忘却，所有那些被丢弃的信仰

烟消云散的皮囊

把它们弃在忘川之上

化作一杯清茶

瑟瑟鸣响

遗 忘

且听我说

说戋要把你遗忘

攥一把尺子飞奔记忆

在岁月长河里又杀又砍

你曾惹起的笑你曾给予的悲

那些已然凝成块状的灰色紫色的美

不必要的尘埃,通通敲碎

碎裂到无痕、无声、无哀无喜

只留下

平铺直叙的洁净清爽

远离硝烟弥漫

独自醉饮三千场

取一杯新土

淹万种情殇

静寂处,借一双新的翅膀

纵使从此飞跃深井,亦轻盈自在

一目了然,简简单单

木木篇

雪与夜

我躺在大海之上

仰望远方的光

黑夜围绕，白雪从天际慢慢倾倒

听不见星河喧嚷

闻不到耳畔有世界坠落

一片，一片

层层叠叠

在我发端，在我肩膀，在我脚尖，

在我裸露的唇，在我失去了温度的胸口

破裂，散开，散开，破裂

是媒介还是符号？

这没有言语的雪

一如这静寂的夜

我看见千百万个生命在诞生

却看不见数以亿计的死亡

包裹在严严实实的雪里

从春到夏，从秋到冬，成茧

我已然窥见了光的模样

依旧，推不开温柔的夜，去不了远方

多情的雪呵，如此爱我

挽留我，冰冻我

静悄悄拖我进入

不需要呼吸的他乡

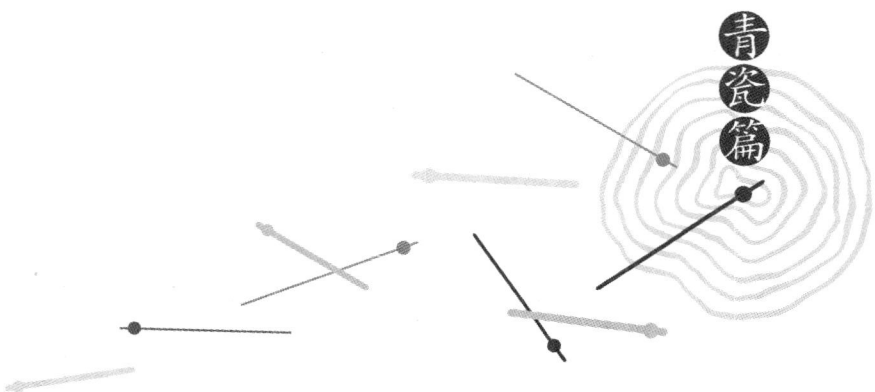

青瓷篇

赏 月

弦月未现，圆月不缺

累了漫天星谢

阴云半遮，秋雨未觉

凉了初晨半夜

远远听闻，古人曾摇头晃脑举杯邀明月

却没有机会去听一曲宫阙

起舞弄清影的是衣袖，抑或是青雀

明明该是圆满之夜，却仍然有人伤离别

只想一杯酒，咏一首上邪

是孽

缘字终成诀

难负一世情切

不曾见过最无瑕的陌上新雪

就像没见过最完美的满月

谁人在此高歌，演不尽寒风凌烈

是谁纷飞的衣角，道尽情灭

暮色四合，我在守候子夜

无人知晓，无人作陪

当是晨曦朝露之时，泪决

那是风雨的摇曳

叹是浮生未歇

青瓷篇

此时，望月

直教人因戏文而向往难却

谁历凡事尘劫

此时，望月

不过南柯一梦何苦撒心血

我摇晃在街

恍惚着，有谁在呜咽

这里是何处，而我又是谁

我好像梦见了很美丽的满月

如此无瑕皓洁

月光倾泻

只得惊鸿一面，而后却却

风中的叹息好似听不真切

我还在梦里吧

或许该以茶为佐，听风赏月

良辰美景奈何天

秋来风月无边

云雨不见

何人正对月祈愿

微弱的万家灯火引谁怜

只见嫦娥邀众仙

月怎眠

只对月相谈

把酒问青天

寒宫见影，舞衣翩跹

一夜凝霜，何所思念

谁人笑意清浅

衬着花好月圆

无意被触动心间

哪知秋意扣人心弦

未落完的花瓣

或是仲夏的留恋

安静的深夜却让人心安

只是月光略显冷淡

风月不起波澜

能否再给我一丝温暖

或许这样已是安然

像有你一般

不算久远的从前

曾对月呢喃

月明下的如画江山

终究书不尽光年

良辰美景奈何天

赏心乐事谁家院

致我最遥远的月亮

安静的夜,感觉微凉

街上不再熙熙攘攘,而我倚在窗

那一地的月光

有人回望

最美丽的月亮

指引着迷路的人走出悲伤

愿我的歌颂能传到你的身旁

遥远的,皎洁的月亮

我在聆听你的浅唱

那么无助,那么悲伤

身边的云应该还在游荡吧

她们遮住了月光

我微微闭眼,意识在黑暗中迷茫

请给我一丝希望

哪怕只是折射太阳的光

让我的身影在午夜翩跹飞扬

看月光洒在身上

宛转的歌,为你歌唱

那或许是无助,或许会彷徨

请将你的手放在我心上

我会紧紧拥住这月光

月色如霜

映着昨夜今日,来来往往

有人忏悔,请原谅

有人失意,请相忘

明天起,就不会再有太多的受伤

开始阴缺的月亮

已经失去了原有的光

我在这里守着她

在夜的中央

到了结尾的句章

沉没,清凉

该为你添上最美的银装

我仍在这里,下次,依旧守你

直到明天,直到天亮

没有情人的情人节

难得开晴的季节

依旧沁凉的深夜

姑且

最后一次妥协

忘了为你书写

剧本下一章节

你手中的世界

是不是比这温暖些?

现在是花的季节

我的追逐不曾停歇

一个人的致谢

台上却没有主角

为你创造的完美世界

你看都不看一眼

桌面上的多次数列

怎么思考都还是无解

我的惑觉准不准确?

不小心,有些胆怯

巧克力的热烈

满足不了我的骑士情结

玫瑰的深夜之约

是浪漫的离别

只是一次梦的谱写

明天过后

你依旧不屑

我装作不解

又是没有情人的情人节

哦，又是情人节

没有鲜花与彩球

没看到谁在我面前文刍刍

没有钻石或追求

倒是无趣单一的情绪都有

红色的娇羞

请再满上一杯红酒

就是邪转身前的回首

告诉我你到底有多温柔

就牵一次手

做什么都不需要我点头

至少现在别走

告诉我你已经自愿上钩

什么都不必留

也什么都别带走

没必要互相讲究

想要开心就是一种自由

哪有什么情仇

再是一个白昼

留在不停的时间轴

到明天以后

青瓷篇

121

时光啊，能否赐予眷顾

当我终于停下了脚步

突然想回头看看

门有些破旧不堪所以打开窗户

她的嘴角是我熟悉的弧度

我不小心地发现

她的鬓角已经发白

我撒着谎说她容貌还如初

她依旧夸我，只是神色有些恍惚

一脸轻松地离开

却在关上门的片刻失声痛哭

对不起

我只是觉得一切都变得突兀

时光啊

能否赐予我身旁的人们一些眷顾

当你雕刻着他们的眉目

能否温柔而又专注？

时光啊

请赐予他们一些眷顾

那时的幸福就是捧着一本书

却只敢在梦里回顾

时光啊

我只求你赐予一丝眷顾

从前喜欢一起漫步

回过头只见我的影子在太阳下孤独

什么时候他们的苍老开始藏不住

哪里是短短几年的路

渐渐脱离了别人的保护

还怎么得到一冲就淡的幸福

时光啊时光

能否赐予眷顾

她与我赏过太阳的光束

却忘了让我接触

月光下的冰冷世故

请再给我一点时间

让我做一个简单告别

就当生命的完美结束

轻　轻

还记得在哪天遇见你

每隔一天就像一个世纪

我的脚步掩藏在风铃

湖边不见你倒影

意外地在你眼里沉溺

像是一场绵长细致的大雨

能不能就掌控在我手心

你那心的旋律

原来真的存在一见倾心

还以为那只是会错了意

能不能知道我的心情

可不可以当你的唯一

不想藏的心思

我的声音那么安静

你未来的回忆

有没有我的一席之地

想知道你心里

我在哪个位置

不甘心默默地注视

那就是我的爱情

刚触到你微凉的手心

在你的凝视中又感到距离

纵使只是一场游戏

我飞想要你的呼吸

能不能别让你的名字

扰扰乱我的心

它已不再由我控制

这不是秘密

再见你是哪个城市

这个阴云的旧地终于转晴

伞上落下雨滴

跌落别样轻盈

微湿的长发飘起

断了笑意

我一直迷恋你的嗓音

纵使那是拒绝的语气

一次初恋

我是有多想念

已然跨越时间

你离得有多远

我都无法预见

最伤人的原来是抱歉

最欺人的居然是诺言

既然怀念

就别舍弃从前

青春是一次遇见

纵使结局是不要见，不要念

九月是一场暗恋

风和雨对阳光的艳羡

给时间一点时间

让它用心安排他的出现

那会是一个晴天

清风吹过，那么悠然

我站在花间

而他站在我的面前

又是一次擦肩

只打了个照面

我能感觉你的视线

却只能仰望你的侧脸

我多渴望你的陪伴

希望能到天涯的那边

我以为已经很明显

你却视而不见

或许我还不够耀眼

不配在你身边

我记得

你说过喜欢我明媚的笑颜

话语简单

却落在我心间

其实并非讨厌暧昧的视线

怪只怪这里的人们都太仙

青瓷篇

暗恋的协奏曲调

你永远听不到我狂乱的心跳

我永远得不到你温暖的怀抱

你没注意我优雅的嘴角

总是无所谓地笑笑

陷入是一首歌谣

我再也没听过相似的曲调

遇见是一梦美好

你那遥远的世界静静悄悄

只记得那天阳光正好

是种微晴的色调

光线从没那样闪耀

当时的我们都还年少

你周身的蝴蝶妖娆

举止那么轻佻

明明不可依靠

却偏偏去解读你的眼角

我并不出挑

只敢在你身后远眺

我并不信教

却愿意为你祈祷

你或许不曾知道

我多么渴望与你相交

哪怕只是一句问好

哪怕一切微不足道

我知道你讨厌吵闹

可你不知道我改变了多少

我不够骄傲

明明清楚你只是无聊

却还愿意为你舞蹈

一个眼神就轻轻飘飘

我只是动心太早

还心虚地想逃

只是兰纯想押单恋的韵脚

怕只怕惑人的意境不够妖

青瓷篇

诗 记

看着雨季将我淋湿

伞丢进风里不见痕迹

我不能再引起你的注意

你不再施舍一点表情

又显得无计可施

爱上你那么容易

设计好的多次偶遇

设定过的甜蜜剧情

都说我的爱跌落到了尘埃里

你舍得弃,就弃

到了花期

那时还不知道意义

只是玩乐的一场约定

为何我还甘之如饴

没有机会重新开始

偏偏还是你先离去

我就那么固执死板不讨人欢心

毕竟除了你,我谁都不在意

以前的故事

我以为我不会记得那么清晰

好像已经成了烙印

深深刻在我的骨血里

逐渐变得挑剔

无论是谁都有你的影子

偶尔一次调剂

不再对你抱有期许

看到熟悉的名字

我好像能听到你的声音

没有转身的勇气

明明还能见你一次

蓦然失去了力气

你却只是走得目不斜视

余生被我赋予诗名

却再没有关于你的只言片语

青瓷篇

时光未倦，缘分太浅

在错误的时间，错误的地点

是我见到你的第一眼

可能是你笑得太过耀眼

不知道我有没有红了面

装作恰巧遇见

你一定不知道我又在回头偷看

不擅长和你交谈

怎么都会变得不自然

必然相遇的轨道叫作缘

王子与公主那是幸福未完

我们却是偏到地平线

我看不见，而你越走越远

说好的当个平行线

就算执意偏转

但结局不还是相见不念

悲剧一点的再当个渐进线

我走近你的身边

却只能永远追在你后面

能不能与我问安

能不能注意我的自导自演

能不能默许我的出现

能不能，别觉得厌烦

有什么感觉在蔓延

我明明，只是想看你一眼

刻意的相遇太明显

但只要一个瞬间，就像永远

以秒计的时间太过短暂

我也不想变得那么贪婪

从来都不是不敢

我只是能依稀明白你的冷淡

也是知道相交太难

所以我不说，不走，不怨

青瓷篇

下雨天

你被水浸湿的容颜

安静得毫无生气可言

为何偏偏选个雨天

来说这句再见

有些好奇你的善变

晴转阴雨就是一个瞬间

或许分别并没那么突然

只是我装作没有猜嫌

之前是个下雨天

它第一次,浸湿我的眼帘

你的身影那么悠闲

终于不再厌烦雨的声线

滴滴答答踩着时间

又是一滴落在你脚边

被隔绝了视线

别回头对上我痴迷的眼

忘了掩饰自己的倾慕

幸好,你没有视而不见

你描述的阴雨连绵

怎么显得异常缱绻

什么时候,我们都别撑伞

就这样一直躲在屋檐

或者淋着雨一直走到永远

都快忘了这季节有多伤感

还是淋湿了誓言

许诺的未来还是无法实现

最后只有一句再见

明明不该留恋

就当无缘

也没那么可悲可叹

结局就像必然

终究过去多年

说了再见却是再也不见

回神太晚

没有说一句抱歉

是我显得刻意的缠绵

将你的世界搅乱

我掀不起波澜

担不起你的惊艳

虽然

仍然爱着你描述过的下雨天

青瓷篇

135

夜 莺

我的爱明明很伤静

我的爱明明很小心

只能在雨天尽情

追寻你离开的背影

什么时候你才能回心转意

我明明一直守在原地

总是看到你与别人欢声笑语

而我只能默默离去

从未理会我的心情

我却一直在乎你是否高兴

或许爱情就是那么不公平

沦陷的那个人总是小心翼翼

都说你和她才是前世注定

而我得到你的青睐则是三生有幸

为了你我一直在尝试

可你看不到我的努力

我也不想当坚强的孩子

你只是觉得我在玩忧郁

我也不愿生气

只是你不懂而已

什么是在意

是你时不时地关心

还是你为数不多的字句

什么叫爱情

是你对她的无微不至

还是动作间透露出的怜惜

心情都变成了秘密

而没人想探知

最终我带着这些秘密寂静欢喜

一个人冰冻在深夜里

月亮和星星终将分离

无人在低泣

而我将爱意葬在土里

等着它融化成诗吟

我曾经追逐着你追了半个世纪

千言万语却唱不出一句深情

还记得那年初见

却是在这样的年纪

让我遇见最美的你

命运有颗捉弄人的心

可我更愿意相信

这是恩赐

不需要什么轰轰烈烈刻骨铭心

我只想证明

遇见你是我之幸

而喜欢你

则是我这辈子做过的最不后悔的事情

尽管我们不能携手一辈子

但至少我们曾经相爱相知

我也无比珍惜

跟你在一起的每一刻时

别人说我们并不合适

我也不知道为什么就会着迷

或许是你的笑容让人安心

或许是命中注定

回忆不起当时

我只是做了这个决定

因为能在人群中独独看到你

你与我如此相似

我明白你的离开不是故意

我没有错过你

我只是,失去了你

再也无法得到回应

我的满腹深情

是我没有保护好你

是我该说对不起

可我无论如何都想告诉你

遇见你

是我这辈子最美好的事情

求你伸出你的手

我总会有一种冲动

让一个陌生人带我走

不在乎目的地是否在远方

不在乎有无人的陪伴

我想要一场荒芜的旅行

毕竟没什么值得留念

或许有一天我会这样消失不见

别来寻找我

我将深潜在海的彼端

如果他能为我找寻生命的意义

或许我会将他奉为神明

可惜他却不愿带我离开

谁说陌生人就不值得信任了？

我也不想放纵

我以为我很清醒

求求你，伸出你的手

带我走

所以你不爱我，我不怪你

被无视得太过彻底
守护你的背影我却又不甘心
我将这颗心义无反顾地掏给你
可你以为我不怕吗

怎样都不能得到关注
尝试的太多终于觉得辛苦
我就是自甘堕落想要你的眷顾
可你以为我不怕吗

总有一天该离开原地
我只希望你能看到我在等你
我好像很大度，看着别人靠近你
可你以为我不怕吗

我只求在你身边就好
无所谓你的目光是不是冷嘲
我跌跌撞撞地徘徊在你的世界
可你以为我不怕吗

我以为爱着你的我无所畏惧

青瓷篇

141

可我似乎看高了自己

我比想象中更爱你

却没有那么多的耐心

我试着说服自己

可为什么我要这样作践自己

我从不撒娇不哭泣不委屈

我就那么自以为是高傲不讨喜

可你以为我不怕吗

习惯就好

当我决定转身离开

我也没有想过别人的想法

就算一开始并不愿意

可是，习惯就好

没有谁是离不开谁的

也没有什么人是忘不掉的

我本来不相信时间会有这种魔力

可是，不得不信

我还记得以前的我是什么样子的

走在操场上

跟她们一起散步

一路说说笑笑，讲着未来

然而现在已经在那个未来

我却已经太久没见过她们了

回过神

太阳下就只有我一个人的影子

我孤零零地站在不知名的地方

我只知道，习惯就好

这里并不是梦境

只是一个没有她们的地方而已

这样啊……

我又变成一个人了

我知道我并不长情

三分钟热度，喜新厌旧

但是，我讨厌改变

讨厌去新的地方

讨厌认识新的人

可能思想里就带了些古板

但是我就是不想去太远的地方

能待在一个叫"家"的地方就好

无所谓哪里，习惯就好

能在一个会遇见朋友的地方就好

无所谓哪里

能不能不离开

能不能不放手

我明明……

只是想跟一些人

认识一辈子而已

末

今天会是最后一天

明明还很早但天空已经睡了

要去看灯吗

是什么灯

那盏灯,能带我去哪

在车上有些昏昏沉沉

外面的光有些刺眼

还有圣诞的氛围

然而明天就是元旦了

总觉得时间过得很快

我要不要为新年许个愿望

希望,我在来年能开心

什么努力啊勤奋啊说说就算了

希望我能够自由舒展

让我依旧当那个想怎样就想怎样的人

请让我依旧,那样张扬

到了个曾经来过的地方

一开始没印象

是那条最长的吊桥

重游故地了

都是光,装饰在树上

青瓷篇

145

是一条光明的路
一点都不害怕
即使下面是深渊
模糊的光晕,聚焦成光点
我看到了最黑的夜
我见到了最美的星光

天　堂

我曾经无比向往着能去天堂

那里有天使,有颂歌

有白色的羽毛和云朵

可那一切只是我的想象

我不曾见过天堂

我仍然停留在人间

渐渐不相信人的灵魂会被召唤

死了就是一片黑暗吧

就什么也没有了吧

大家那么憧憬着天堂

只因为从没有人去过吧

通往天堂的路会不会太挤

而天堂太远

人间太乱

望　海

这是不是离天最近的地方

海岸线被拉到多长

我远远地眺望着彼方

翡翠色水汽溅在身旁

飞鸟的灰白色翅膀

稀稀落落的白色幻想

连接两岸的桥梁

彩虹的那端会不会有宝藏

风卷起的浪花有些微凉

我只是站在一旁俯身凝望

并非故意避着阳光

只是不喜刺痛的锋芒

一侧的人群熙攘

桥下的旅人匆忙

船帆起航

排出白色的浪

海岸线被拉得有多长

这里是不是离天最近的地方

走 走

滑进一条不知道去哪的路

不去在意目的地

车在空白的地图上移动

好像到了奇怪地方

从没有适合出行的天气

开窗就会迎进雨

雨歪歪斜斜吻在车窗

跌落在手臂微微凉

风刮过眼角

鼻尖涌进不知名的花的味道

山挡住了云,云挡住雨,雨的身后埋藏着青色的海浪

望向远方,远方是未知的天堂

朔待去遇见

去与对面的旅人交接人生

海浪拍在悬崖底

白色慢慢退去

新的潮涌翻腾袭来

没有岔路口,也不能回头

尽管只是出来走走

随便走走就走到了世界的尽头

路　人

月亮有种朦胧的美感

夜晚显得有些吵闹

但海风是那样温柔

连浪也知道要轻巧些

月亮和星星或许真的不对盘

怎么不见众星拱月

那些音乐有些熟悉

人群在舞动

可我不想混入那里

什么东西都没有留下

我本来只是个路人

遥远的沙滩上有艘航船

可惜搁浅在人群中央

我想安安静静地吹海风

看着裙角飘起

就坐在小小的台阶上

听着我们都是好孩子

我怎么没想到这首歌

明明那么适合当下

温温懒懒的海风

吹到哪里去?

回归·起始

略显模糊的光晕像黑夜中的繁星

零零点点又忽远忽近

这是熟悉的天气

像是以往某次的出行

红色的灯光显得太着急

加速显得毫不客气

好像有点等不及

希望能拥有翅膀飞越天际

又是一个这样的深夜里

我启程，踏上旅行

青瓷篇

回归·散心

再次踏上这片土地

不知道自己是什么心情

没有细数过去的光阴

我只是看着远方，缓步前行

很多事物变得遥不可及

也没有时间用来伤心

不过随手将页码翻过去

重新开始就是这么容易

太阳隔着遥远的距离

我伸出手，想要触碰大气

来做一个深呼吸

所有的事情都别有意义

拂晓之后就是天明

朦胧却也美丽

即便不完美我也不甚在意

追随着明天的背影

回归·册记

相片将记忆打了个结

完美地存封在每个季节

我的动作没那么热切

方寸之间，心情开始交叠

从来不见妖冶

时代却不曾停歇

或许没有胆怯

但也不可能停在那一页

请与我相接

相携

不带有误解

轻蔑

也不害怕离别

不过是换个人书写

最后是感谢

为过去的撒野

为未来的伟业

青瓷篇

回归·乡

秋千还在一直摇晃

影子侧着直面阳光

谷穗平躺

谁家的炊烟尾巴那么长

我在外面晃了晃

终于回到这个地方

情节未散场

不过是想欣赏，稍作回望

水声有些响

乱了虫鸣的乐章

哪里飘来的清香

我已无处躲藏

跟着萤火虫的微弱光芒

走着绕着，又是这个小巷

并没变了模样

一切还是稀疏平常

谁将过去的故事讲

醒木惊了空堂

回归·山脚

那是重云相护的娇小

记不下那缭绕

水汽并非故意喧嚣

只见月光倾照

身在山脚

山风都未被惊扰

钉耙将树靠

且饮一杯,岁月静好

波纹都见妖娆

身陷碧水青山坳

对首歌谣

只问山的那头,可有渔人撑篙

此时群山环绕

飞瀑小桥

没有繁忙的街道

惹人烦恼

绵延这片山腰

不见月牙蹈

我就站在这青山之高

赏这碧水渺渺

回归·将离

离别那么长可相聚那么短
分道已在既而归期那么远
不就是不能见
也没那么难
是我对人群太过依赖
热闹什么的就是喜欢
再给我一点时间
我还不想再见
谁知道什么时候能再见面
我们又有多少个三年
时间啊,再慢一点

回归·停

睁眼了，落地了

这是不是梦境呢

相遇了，再见了

你会不会想我呢

可能转身也会有风格

安静离开的我算不算独特？

有没有这么一首歌

能表达我的不舍

我是什么心情呢

我该不该说，我很快乐

那些难过的快乐的

那些深爱的厌恶的

慢慢地走着

走着走着就忘了

而这里的天是白色的

云是黑色的

小时候

七岁以前，是小时候

那时候还没有开始上小学

也不会离父母太远

我还喜欢糖葫芦和棒棒糖

还想要氢气球；想去游乐场

那时候的记忆没那么清晰

只有照片里的满脸笑意

没有看着相机

但是面对着某个地方

说着我很快乐

十岁以前，是小时候

那时候刚离开父母

尝试着一个人生活

有些记不清楚一开始有没有哭过

但小孩子总会被别的东西满足

那时的幸福很简单

只是一句赞扬

而我会耐不住地扬起嘴角

那时候偶尔会有争吵

不过现在想想也没什么大不了

当时的我讨厌很多人，也喜欢很多人

当时的我，以为自己是公主殿下

十三岁之前，是小时候

小学将要毕业

我却开始觉得，我已经长大了

觉得以前的自己很幼稚，现在很成熟

已经发现了一些真理

给自己定好了座右铭

也试着去了解自己

说着，我想成为什么样的人

那时候的未来仍然很遥远

只是一个中学的目标

周围的人，也不会各奔东西

那时候，我并不知道最轻松的日子已经到头

接下来会越来越累

我还是游荡在校园的某个角落里

偶尔停在电话亭前

想起以前打电话给父母，不停地哭着

我已经长大了

所以我离开了电话亭，继续游荡着

当时的我，以为自己是遗世高人

十四岁之前，是小时候

刚刚换了个新地方，有些不适应

有着自己的小团体

拒绝着外界，不愿意改变

有些遗憾小升初的成绩

可是后来只有释然

可能都是命

我也不是认命，只是不太在意

那时候学习也没那么紧

我还觉得游刃有余

甚至认为有事情做是一种充实

只是身边的人换批了

虽然离得不算太远

能见到就好

我们说好了要一辈子的

对不起，我可能要食言了

当时的我，以为自己会是个万众瞩目的天才

十六岁以前，是小时候

每过一段时间，就会变一种想法

到底还是小孩子

总是善变的

现在会觉得年前的自己很幼稚

从前信奉的真理就是中二的笑话

我是在成长吗？

可我开始承认，自己不过是个小孩子

当小孩子哪里不好了

轻松,快乐,不知道愁为何物

我也不知道自己在担心什么

可能是毫无规划的未来

可能是捉摸不透的爱情

我突然想抓住什么

才发现时间真的开始加速了

转眼,就明白什么是一眼万年

我有多久没见到他们了

不清楚

我有多久没想过他们了

不记得

当时的我,终于发现自己是个平凡人

琥　珀

林间风叶婆娑

树却很沉默

阳光将季节素裹

能见微尘漂泊

有飞鸟穿越枝叶间，沾染失落

只有巢能算寄托

蘑菇的艳丽色彩算不算诱惑

我只在意温暖的光点，迷离又扑朔

回顾的次数不多

空气显得稀薄

摇晃的影子可以称之婀娜

迷失的总是我

晶莹的树果

落在雨后的浑浊

混着即灭的花火

转眼又是季末

谁家劳燕分飞来年又是一人过

谈不上沧桑变化，称不上寂寞

而我在森林间遗忘过错

不再计较太多

愿时光将你我深锁

岁月滴成琥珀

月　镜

突然又有闲情逸致

毕竟月亮那么圆

辜负了我也觉得可惜

没有什么能记下那清奇

我很高兴

它依旧没有瑕疵

如果我能勾画出它的身姿

那我愿意倾注心意

虽然我也相信我的记忆

可到底不够真实

月亮小姐有没有什么秘密

可不可以说给我听

那遥远的天上有没有仙女

她是不是如传说般美丽

银河这样近

想触碰那里的我算不算不敬

我如果能见到流星

那会不会得到幸运

或许我寄托了太多愿望

那往事就不要提

记得相信

青瓷篇

163

我是这样为你着迷

为什么月亮显得很冷冰冰

唯独跟云那样亲昵

也不是很懂黑夜的意义

或许是为了看清远在过去的星星

你现在是什么心情

是不是跟我一样

想着一个人，这样安静，这样倾心

童 书

描述显得幼稚

但我的想法那样清晰

只是有向往的东西

那样美好的幻想希望能写成故事

梦想怎么会俗气

我也有我的憧憬

所以动笔

在这拥有奇思妙想的年纪

算来像是上个世纪

但是一切还是那么熟悉

再看到那些深刻的名字

才想起,原来我们有过那么多的故事

想想,还是带着敷衍的情绪

毕竟当时算是毫无兴趣

或许不该当个课题

这只是一张任我绘图的白纸而已

我该给自己一双翅膀得以飞越天际

哪怕给自己一个动听的姓名

而不是安排枯燥的剧情

用着没有意义的词句

突然有一天我站定

回想起那个不遥远的过去

原来我曾经

有过这种心情

所有的东西都是秘密

而我将它跟我的文字锁在一起

原来我此时

有的都是回忆

身披云彩

那一抹光透过云层

带着彩虹的色彩

在那之前我从未意识

原来我的世界一片灰白

可能是有点夸张

我想证明我一直在

所有记忆都被我珍藏

再见也不是意外

我的转变并不突然

终于回应了期待

多少年后我终于变成这个样子

是我向往又自豪的姿态

那些稚嫩的生命让人羡慕

它们还有选择，以及未来

而我愿为光

驱去所有阴霾

驻　足

许久没见过雾

这里被森林覆盖

鲜有路人的小路

此刻的气氛可以说是不俗

没有暑气的禁锢

是个安心的住处

窗外绿意满目

那就停下,再翻一页书

这样就不觉得辛苦

也没什么想要倾诉

这种无所事事平白让人羡慕

至少在现在,不需踏上征途

而此刻不冷不热的气温显得顽固

微亮的天空却叫人看着舒服

即使屋外是参天大树

也挡不住阳光的脚步

闪　电

有一束光照亮了天空
惊醒了我的梦
染上一片刺眼的红
冷得好像深冬
玻璃上冷热交融
好像并不轻松
而火焰在我眼中翻涌
没有一点风
骤雨来去匆匆
我还没有机会赏一盅
外头流浪的气息那么浓
也并不是很懂
而你更是说走就走
不给我机会挽留
见你转身牵起别人的手
收回了所有温柔
原来也没多久
抱歉应该不算心痛
那道光已经离开天空
只留下停住的钟

想念最长情也最深入人心

有多久没见你

最近总是会不自觉地想起

可能是因为某些场景太过熟悉

才唤醒了我久远的记忆

忘记从来都不容易

重新开始也需要勇气

我们各自都有新的旅行

现在想回头，不知道还来不来得及

我停下了笔

停在你熟悉的名字

它不是诗句

而我笑得没有意义

能不能顾好自己

不管怎么说都有人在意你

哪怕隔着遥远的距离

哪怕多少年不曾联系

其实也没那么深情

我也就没事的时候才会想起你

想起曾经笑得肆意

希望那个未来也始终如一

细数前途的光明

装作没有失去

多年前突然的别离

我忘了说对不起

哪怕未来一路泥泞

也请一直走下去

我会陪伴你

哪怕没有目的地

我只是在意

你是不是真的开心

你未来遇见的每个人都应该珍惜你

才不枉我一直念着你

影之歌

时光是一条河
而我不过是船上的过客
记忆没那么清澈
除了离开就没有选择
她炙手可热
在你眼里非她不可
对我却那么苛责
留给我的只有萧瑟
能不能唱一首歌
说你很快乐
我只是一个守护者
为你而活着

四位姑娘

第一位姑娘从山的那头走来

她哼着歌谣走来

她向往高楼，向往繁华

她幻想着完美的他

她在路上买了新衣裳

大家见了都夸她漂亮

她将包袱丢下

带上了新奇有趣的物什

她的歌谣不再关于森林与小溪

而是颂唱不夜的城市

当人们指着她来时的路问她

"你来自哪里"

她唱道

"我属于这个地方"

第二位姑娘从山的那头走来

她哼着歌谣走来

她骑着牛，戴着斗笠

她起了个大早，要去集市

她父母说她是个令人放心的孩子

有主见，也乖巧听话

青瓷篇

173

人们说她纯真善良

她笑起来像雨后的阳光

其他孩子都想跟她做朋友

她也喜欢跟朋友玩耍

她拿着手中的鞭子，抽了下疲惫不堪的牛

"再走快一点"

她笑起来像阳光般耀眼

"再快一点"

第三位姑娘从山的那头走来

她哼着歌谣走来

她有个伟大的理想

她要改变世界上所有的不公平

她要改写不合理的法律

她希望所有人都能和平相处

有人说这是不切实际

但大部分人还是选择支持

当她得到了她想要的地位

她却纵容着那些不公平和不合理

当人们问及她

"你的目标是什么"

她对着镜头谈笑风生

"我希望世界和平"

最后一位姑娘从山的那头走来

她哼着歌谣走来

她没有行李,没有水牛,没有梦想

她只带了一张地图,想要寻找宝藏

她并不优秀,甚至有点随性

她并不讨人喜欢,只有几个朋友

她喜欢玫瑰花是因为它好看

她会摘下来拿在手上观赏

人们对她并没有印象

因为她那样普通

路上的行人或许会随意一问

"尔要去哪里"

她会答

"去一个遥远的地方"

青瓷篇

恋　生

蜻蜓点水的一吻

或许已经没有疑问

到底有些不忍

我仍然会为你而心疼

你将心情藏得那么深

包裹了一层又一层

没有任何一盏灯

能指引我的灵魂

你永远为别人而凝神

而我从来一往情深

临行前的浅吻

终于明白我们有缘无分

心里的城

却锁起了城门

我将它留给一个不爱我的人

最终还是一身伤痕

可我还是要等

等那个人回神

为什么我喜欢的人

不是喜欢我的人

为什么我的情深

换不来你的情真
我讨厌不冷不热的恒温
也讨厌永远推不开的门
可我又不能
就这样放弃你
欸,暮雨纷纷
问
那可是风声?

只是在意路边的野花

树影照着枝丫

是一种宁静的繁华

哪怕是深夜也不会害怕

遥远的前路有个地方叫家

许久不见盛夏

云也不曾挣扎

风露将季节播撒

雨落缀成花

林间海浪般的喧哗

那是相片所没有的风华

与石子轻擦

想离开却没有办法

穿过来的光线如华发

追逐着花叶却显得无暇

翠色的丛间正在发芽

妖娆的红色点缀起融洽

任着雨点将伤口冲刷

这里没有嘈杂

最有生气的地方最不会虚假

哪怕没有回答

没有说情话

因为一开口就显得沙哑

没有人为我施展魔法

所以我就在这里自说自话

回忆一刹那

不过都是一抹黄沙

都淡不上优雅

只在回首的时候，笑靥如花

再　见

书上刻着一行情话浅浅

却是让时光惊艳

记下了最美好的华年

可也敌不过再见

就是那么喜欢

沉默相视但又尽在不言

青春是无法重温的书卷

不过至少我们曾经亲密无间

而我离开时的脚步慢慢

迟疑但是没有留恋

离别何必那么伤感

别让心情湿了我的明天

又不是永远

就见一面也不是太难

哪怕注定天各一边

也永远不说再见

何必要在一起

不需要说我爱你

也不必在一起

我会在我的心里

留下你的位置

说过不会忘记

我可不像你一样不守信

我会藏着你的名字

过上一辈子

哪怕你换了姓名

甚至忘了所有故事

哪怕未来各奔东西

你永远都是我的最在意

没有什么特别的记忆

或许每个世界都没有什么不同

我好像在哪里见过你

还好我没有说老套的台词

这该是注定

我们都不属于彼此

我只想要一个肯定

想要你的一句"喜欢你"

满足就是那么容易

青瓷篇

你知道我不会贪心
让我明白你也是在意
将你的心放在我的手心
说不清是不是梦境
而我的爱情
都生动在你的情诗里

他爱我

幸好他在意我

而我开始自私地想圈住他的生活

假设一切都有如果

还能不能重新来过

我有没有说

关心永远都不嫌多

总是看起来很失落

也不知道是不是真的难过

没有时间任我蹉跎

他也不再手足无措

爱情太过繁琐

决定因素太多

甚至来不及问倘若

都宁愿飞蛾扑火

忽远忽近倒不如冷漠

而我愿意示弱

哪里分得清谁对谁错

终究斑驳

倾慕的告白最终是一片沉默

曾经玩笑的问答，最终困扰是我

青瓷篇

183

爱即 Eros——写给动漫《冰上的尤里》

叶子飘落是童话里的景象

我隔着玻璃，靠着窗

我好像有一肚子的话想分享

沉默才是最美的酒酿

有那么多的幻想

现实里却没有人那样叫我动心

这旋律诱惑得让人向往

冰刀空转着像是逞强

你一个眼神就让我心慌

面红耳赤但还是想与你相望

请说你在我身旁

再给我一点勇气和力量

曾经的我黯淡无光

而你是会发光的月亮

有你的梦境那么长

冬天又那么匆忙

请将你的注意放在我身上

我将不再退让

只属于我的爱和欲望

我也不想藏

这一支舞祭出我的希望

既然明白是为了你舞蹈那又有什么可迷茫

你跨越千里的来访

说要将我打磨发光

轻佻的笑容说着赞赏

那指尖的温度微凉

我有一个秘密

我有一个秘密
我曾尝试说给你听
而你没有回应

我曾有过一场漫长的旅行
那里没有雨季
而你是甘霖
带着清新的绿意

我曾追着彩虹的足迹
捧着我的心意
只希望你能拥有勇气
足够让你对抗命运

我曾见过你眼角滑落的泪滴
我多想将它变为你眉梢的得意
只希望你的每一次决定
都能做得毫不迟疑

我曾目送你远去千里
默默等候消息

看不见的远方有着你的气息

我能感受你的心情

我曾去过你喜欢的咖啡厅

坐在某个靠窗的位置

我对着空气

用着欣喜的语气

我说我有个秘密

它是那么温婉动听

像是从无古流传下来的诗句

就刻在我的命里

我说我有个秘密

它是那样令我安心

说着自己没有理由放弃

还能为他努力

它有着美丽的名字

是不存在的风景

它生动于梦境

却没那么遥远的距离

我的秘密

叫我喜欢你

夜晚的霓虹十字

我站在最繁华的街道

唱着最寂寞的歌曲

对着最拥挤的人潮

得到最冷淡的回应

没有明确的路标

能给我指引

也没有人会给我拥抱

所以我选择一直走下去

可惜我不明白自己的想要

只憧憬平淡的故事

是不是不在意就好

可当我失败,我又是那么不甘心

另一种生活也没那么糟

去年的小雪,今年又到夏至

再试着忘记各种纷扰

这种改变,算不算迷失本心?

回忆相邀

每个人都藏着秘密

现世热闹

可我是这样希望保持距离

没什么事情值得计较

我只知道我是我,是个不讨喜但让我骄傲的自己

雪愿 Snow Wonder

空气静谧

深夜里落下了云的泪滴

枫叶藏匿

白色的地里埋葬着久远的秘密

绵软的光点飘零

慢动作降落像是电影

时光暂停

缓慢地,轻柔地,将我带入梦境

风口的雪花显得迷离

想要带我去哪里

呼出的气息化为冰

无法追寻轨迹

不小心就会迷失

因为这个世界是这样安静

只有雪坠落的声音

显得那么清晰

这个冬天并不凌厉

尽管冰封万里

这个冬天显得诗意

来得那么安宁

白色想要颠覆这座城市

青瓷篇

或许是好主意

谁呢喃着蛊惑话语

约定白首不离

覆盖的第一层是冬季

二是想念的心情

第三层是止不住的笑意

第四会是回忆

我有个纯白的秘密

那是个愿望，发生在遥远的过去